Erzählungen

Rainer Maria Rilke

copyright © 2023 Culturea éditions
Herausgeber: Culturea (34, Hérault)
Druck: BOD – In de Tarpen 42, Norderstedt (Deutschland)
Website: http://culturea.fr
Kontakt: infos@culturea.fr
ISBN:9791041909728
Veröffentlichungsdatum: FEBRUAR 2023
Layout und Design: https://reedsy.com/
Dieses Buch wurde mit der Schriftart Bauer Bodoni gesetzt.
Alle Rechte für alle Länder vorbehalten.
ER WIRT MIR GEBEN

Der Kardinal - Eine Biographie

Er ist der Sohn der schönen Fürstin von Ascoli. Sein Vater war irgend ein Abenteurer, er nannte sich damals Marquis Pemba. Aber die Fürstin liebt gerade diesen Sohn. Er erinnert sie an einen Garten, an Venedig und an einen Tag, da sie schöner war als sonst. Darum soll dieser Sohn das Leben haben und einen Namen: Marchese von Villavenetia. Der Marchese von Villavenetia. Der Marchese ist ein schlechter Schüler. Er liebt, den Falken auf der Hand zu fühlen. Sein Lehrer sagt ihm einmal (und der Lehrer weiß nicht viel von der Jagd): »Wie, wenn der Falke einmal nicht wiederkehrt?« »Dann, dann - « sagt der Zögling sehr erregt - »dann werd ich selbst Flügel spüren.« Und er wird ganz rot, als ob er sich verraten hätte. Später, um sein fünfzehntes Jahr, wird er eine Weile still und fleißig. Er liebt die schöne Herzogin Julia von Este. Ein Jahr lang liebt er sie so, - dann geht er und befriedigt sich bei einer blonden Magd - und hat die Liebe vergessen. jetzt beginnen rasche, rauschende Tage. Sein Degen hat selten Nacht. Er kommt nach Venedig und muß an einen Garten denken. Ein Jahr lang sucht er diesen Garten, dann findet er Valenzia. Sie ist groß, golden und stolz. Er kann sie nicht zugleich mit den anderen denken. Er denkt sie überhaupt nicht, er küßt sie. Aber sie hat einen Geliebten. Man sagt sogar, daß sie einen Gatten hat, aber der Geliebte ist gefährlicher. Der Marchese kennt ihn längst. Es gibt seit einem Jahrhundert überall Bilder von ihm. Sie hängen in den dunkelsten Sälen, gewöhnlich über einer Tür, damit die Kinder sie nicht sehen sollen. Sie haben den bösen Blick. Und der Marchese fühlt sich verfolgt davon. Er sieht in jedem Weinglas gespiegelt: diese dunkle, geheimnisvolle, gedrängte Stirn und die geraden schwarzen Brauen an ihrem Saum. Er wird schreckhaft. Er zuckt bei tausend Gelegenheiten zusammen und lacht dann sehr laut. Eines Nachts, da der Vorhang des breiten Bettes sich gerührt hat, springt er aus dem Fenster des Palazzo der Signora in den Kanal. Er hört Schüsse, kommt aber bis zur Piazzetta, wo Fischer ihm helfen.

Zehn Jahre später fährt er nach Venedig, nur um sich jenes Fenster anzusehen. Es ist von feinstem Stil, ein Spitzbogen mit

Zierat, nicht überladen. Das befriedigt ihn. Er ist noch jung, Sekretär des Kardinals Borromeo, und erkennt Venedig wieder. Bei einem Feste sieht er auch Valenzia. Sie ist ganz wie damals, sie kommt auf ihn zu: aber er ist ein anderer, er verneigt sich sehr tief und zieht sich mit dem Senator Gritti zu einem ernsten Gespräch zurück. Gerade vor Ostern wird er Kardinal. Am Auferstehungstag fühlt er die schwere violette Seide von seinen gesunden Schultern rauschen. Er freut sich an den schönen Knaben, die ihm die Schleppe tragen, er freut sich an dem Licht, an dem Glanz, und der Gesang steigt ihm zu Kopf wie Duft von Weinbergen. Über ein Jahr bei den Osterfesten fehlt der Kardinal. Er lebt auf einem seiner Güter und schmückt seine Gärten. Am großen Sonntag sitzt er über den Plänen eines neuen Schlosses. Vielleicht läßt San-Sovin sich noch erbitten, es zu bauen, Am Abend fällt einem Günstling ein, daß Ostern ist. Der Kardinal lacht. Man rüstet rasch ein Fest, und die Mädchen aus Carmagnola kommen, zweimal fünfzig Mädchen.

Der Kardinal hat große Gastlichkeit. Überall erzählt man von ihm. Das Volk hält ihn für einen Zauberer. Zwanzig Maler sind um ihn, zehn Bildhauer arbeiten in seinen Parken, und jeder Dichter vergleicht ihn mit irgendeinem Gott. Eines Tages empfängt er Valenzia. Die Signora ist strahlender als je. Er gibt ihr täglich Feste. Mitten im schönsten wird dem Kardinal durch einen reitenden Boten ein Brief gebracht. Er liest, wird blaß und reicht ihn Valenzia. Am Abend reist die Signora ab nach Rom. Sie hat Freunde dort unter den Kardinälen. - In der Nacht erwacht der Kardinal. Er liest noch einmal den Brief, und sein liebster Knabe hält ihm die Fackel dazu. Die letzten Worte sind: Der Papst ist tot.

Drei Tage später erhält der Kardinal einen Brief von der alten Herzogin von Ascoli, seiner Mutter, aus Rom. Es ist der erste Brief von ihr. Sie beglückwünscht ihn zu irgend etwas. Er versteht es nicht ganz. Aber am Abend beruft man ihn dringend nach Rom. Da begreift er und nimmt sich vor, seiner Mutter einen Giorgione zu schenken.

(1899)

Die Flucht

Die Kirche war ganz leer.

Durch das bunte Glasfenster über dem Hauptaltar brach der Abendstrahl, breit und schlicht, wie alte Meister ihn auf der Verkündigung Mariens darstellen, in das Hauptschiff und frischte die verblaßten Farben des Stufenteppichs auf. Dann durchschnitt der Lettner mit seinen barocken Holzsäulen den Raum, und jenseits desselben wurde es immer dunkler, und die kleinen ewigen Lampen blinzelten immer verständnisvoller vor den nachgedunkelten Heiligen.

Hinter dem letzten, plumpen Sandsteinpfeiler war es ganz Nacht. Dort saßen sie, und über den beiden hing ein altes Stationsbild. Das blasse Mädchen drückte ihre lichtbraune Jacke in die dunkelste Ecke der schweren, schwarzen Eichenbank. Die Rose auf ihrem Hut kitzelte dem Holzengel in der geschnitzten Lehne das Kinn, so daß er lächelte. Fritz, der Gymnasiast, hielt die beiden winzigen Hände des Mädchens, welche in zerschlissenen Handschuhen staken, in den seinen, so wie man ein kleines Vögelchen hält, sanft und doch sicher. Er war glücklich und träumte: sie werden die Kirche zusperren und uns nicht bemerken, und wir werden ganz allein sein. Gewiß gehen Geister hier in der Nacht. Sie schmiegten sich fest aneinander, und Anna flüsterte ängstlich: »Ists nicht schon spät?« Da fiel ihnen beiden ein Trauriges ein; ihr - der Platz am Fenster, an dem sie tagaus tagein nähte; man sah eine häßliche, schwarze Feuermauer von dort und niemals Sonne. Ihm - sein Tisch, voll mit Lateinheften, auf dem aufgeschlagen lag "Platon, symposion". Die beiden Menschen schauten vor sich hin, und ihre Blicke gingen derselben Fliege nach, welche durch die Rillen und Runen der Betbank pilgerte.

Sie sahen sich in die Augen.

Anna seufzte.

Fritz legte leise und hütend den Arm um sie und sagte: »Wer doch so fort könnte.«

Anna blickte ihn an und sah die Sehnsucht, die in seinen Augen leuchtete. Sie senkte die Lider, wurde rot und hörte:

»Überhaupt sie sind mir verhaßt, gründlich verhaßt. Weißt du: wie sie mich ansehen, wenn ich von dir komme. Sie sind lauter Mißtrauen und Schadenfreude. Ich bin kein Kind mehr. Heut oder morgen, wenn ich was verdienen kann, gehen wir zusammen, weit fort. Allen zum Trotz.«

»Hast du mich lieb?« Das blasse Kind lauschte. »Unbeschreiblich lieb.« Und Fritz küßte ihr die Frage von den Lippen.

»Wird das bald sein, daß du mich mit dir ninimst?« zögerte die Kleine. Der Gymnasiast schwieg. Er hob unwillkürlich den Blick, ging der Kante des plumpen Sandsteinpfeilers nach und las über dem alten Stationsbild: »Vater vergieb ihnen...«

Da forschte er ärgerlich: »Ahnen sie was bei dir zu Haus?«

Er drängte die Anna: »Sag.«

Sie nickte ganz leis.

»So«, wütete er,» ich sags ja, also doch. Diese Klatschbasen. Wenn ich nur ... « Er grub den Kopf in die Hände.

Anna lehnte sich an seine Schulter. Sie sagte einfach:

»Sei nicht traurig.«

So verharrten sie.

Plötzlich sah der junge Mensch auf sind sagte:

»Komm fort mit mir!«

Anna zwang ein Lächeln in ihre schönen Augen, welche voll Tränen waren. Sie schüttelte den Kopf und sah sehr hilflos aus. Und der Student hielt wieder wie früher ihre winzigen Hände, die in schlechten Handschuhen staken. Er sah in das lange Hauptschiff hinein. Die Sonne war erloschen, und die bunten Glasfenster waren häßliche, mattfarbene Kleckse. Es war still.

Dann begann hoch in der Halle ein Piepsen. Beide schauten auf. Sie bemerkten eine verirrte kleine Schwalbe, welche mit müden, ratlosen Flügeln das Freie suchte.

Auf dem Heimweg dachte der Gymnasiast an ein verabsäumtes lateinisches Pensum. Er beschloß, noch zu arbeiten, trotz des Widerwillens, den er hatte, und trotz aller Müdigkeit. Aber fast unwillkürlich machte er einen großen Umweg, verirrte sich sogar ein wenig in der sonst gut bekannten Stadt, und es war Nacht, als er in seine enge Stube trat. Auf den Lateinheften lag ein kleines Briefchen. Er las bei der unsicher flackernden Kerze:

»Sie wissen alles. Ich schreibe Dir unter Tränen. Der Vater hat mich geschlagen. Es ist schrecklich. jetzt lassen sie mich nie mehr allein ausgehen. Du hast recht. Komm fort. Nach Amerika oder wohin Du willst. Ich bin morgen früh um sechs Uhr auf der Bahn. Da geht ein Zug.

Vater fährt immer auf die Jagd damit. Wohin - weiß ich nicht. Ich schließe. Es kommt jemand.

Also erwarte mich. Bestimmt. Morgen um sechs. Bis in den Tod

Deine Anna.

Es war niemand. Wohin, glaubst Du, gehen wir? Hast Du Geld? Ich habe acht Gulden. Diesen Brief schick ich Dir durch unser Dienstmädchen an das euere. Mir ist jetzt gar nicht mehr bang.

Ich glaube, Deine Tante Marie hat geklatscht.

Sie hat uns also Sonntag doch gesehen.«

Der Gymnasiast ging in großen und energischen Schritten auf und nieder. Er fühlte sich wie befreit. Sein Herz pochte heftig. Er empfand auf einmal: Mann sein. Sie vertraut sich mir an. Ich darf sie beschützen. Er war sehr glücklich und wußte: Sie wird mir ganz gehören. Das Blut stieg ihm in den Kopf. Er mußte sich setzen, und dann kam ihm in den Sinn: Wohin?

Diese Frage wollte nicht schweigen. Fritz übertönte sie dadurch, daß er aufsprang und Vorbereitungen machte. Er legte ein wenig Wäsche und ein paar Kleider zurecht und preßte die ersparten Guldenscheine in das schwarze Ledertäschchen. Er war voll Eifer, schob ganz unnütz alle Laden auf, nahm Gegenstände und trug sie wieder an ihren alten Platz, warf die Hefte vom Tische in irgend eine Ecke und zeigte seinen vier Wänden mit prahlerischer Deutlichkeit: Hier ist Auswanderung, Schluß.

Mitternacht war vorbei, als er am Bettrand niedersaß.

Er dachte nicht ans Schlafen. angekleidet legte er sich hin, nur weil ihn, wahrscheinlich vom vielen Bücken, der Rücken schmerzte. Er dachte noch einigemal: Wohin? und sagte laut: »Wenn man sich wirklich lieb hat ... «

Die Uhr tickte. Tief unten fuhr ein Wagen vorbei, und die Scheiben zitterten davon. Die Uhr, die noch von den Zwölfschlägen müde war, atmete auf und sagte mühsam »Eins«. Mehr konnte sie nicht.

Und Fritz hörte es noch wie aus weiter Ferne und dachte:‚Wenn man, sich ... wirklich ...

Aber im allerersten Morgengrauen saß er fröstelnd in den Kissen und wußte bestimmt: Ich mag Anna nicht mehr. Sein Kopf war so schwer: Ich mag Anna nicht mehr. War das ihr Ernst? Um ein paar Schläge auf und davon laufen. Wohin denn? Er sann nach, als hätte sie's ihm anvertraut: Wohin wollte sie denn? Irgendwohin, irgendwohin. Er empörte sich: Und ich? Ich sollte natürlich alles im Stiche lassen, meine Eltern und - alles. Oh und die Zukunft, das Hernach. Wie dumm das war von Anna, wie häßlich. Ich möchte sie schlagen, wenn sie das imstande wäre.

Wenn sie das imstande wäre.

Als ihm die frühe Maisonne, so recht hell und heiter, in die Stube kam, hoffte er: Sie kann es nicht ernst gemeint haben. Er beruhigte sich ein wenig und hatte viel Lust, im Bett zu bleiben. Allein er sagte sich: Auf den Bahnhof will ich gehen, und sehen, daß sie nicht kommt. Und er malte sich die Freude aus, wenn Anna nicht kommt.

Fröstelnd in der frühen Frische und mit großer Müdigkeit in den Knieen ging er auf den Bahnhof. Die Vorhalle war leer.

Halb ängstlich, halb hoffnungsvoll hielt er Umschau. Keine gelbe Jacke. Fritz atmete auf. Er durchlief alle Gänge und Säle. Reisende gingen verschlafen und teilnahmslos auf und nieder, Gepäcksdiener lümmelten an hohen Säulen, und Leute aus der untersten Klasse saßen verdrossen, an Bündel und Körbe gelehnt, auf staubigen Fensterbänken. Keine gelbe Jacke. Der Portier rief irgendwo in einem Wartesaal Ortsnamen. Er läutete mit einer schrillen Glocke. Dann schnarrte er dieselben Ortsnamen ganz nah und dann noch einmal auf dem Bahnsteig. Und immer läutete davor die häßliche Glocke. Fritz wandte sich und schlenderte, die Hände in die Taschen bohrend, in die Vorhalle des Bahnhofes zurück. Er war sehr zufrieden und dachte mit Siegermiene: Keine gelbe Jacke. Ich wußte es ja.

Wie im Übermut trat er hinter eine Säule. Er wollte den Fahrplan studieren, um zu erfahren, wohin denn dieser verhängnisvolle Sechsuhrzug eigentlich fahre. Er las mechanisch die Stationen und machte ein Gesicht wie einer, der eine drollige Treppe besieht, auf der er fast gestürzt wäre. Da klappten schnelle Schritte auf den Fliesen. Als Fritz ausschaute, erhaschte sein Blick eben noch an der Perrontüre die kleine Gestalt in der gelben Jacke und dem Hute, auf welchem eine Rose schwankte.

Fritz starrte ihr nach.

Dann überkam ihn eine Furcht vor diesem schwachen Mädchen, welches mit dem Leben spielen wollte. Und als bangte er, sie könnte kommen, ihn finden und ihn zwingen, in die fremde Welt zu fahren, raffte er sich auf und lief, so schnell er konnte, ohne sich umzusehen, der Stadt zu.

Die Weise von Liebe und Tod des Cornets Christoph Rilke

Geschrieben 1899

»... den 24. November 1663 wurde Otto von Rilke /

auf Langenau / Gränitz und Ziegra / zu Linda mit seines in Ungarn gefallenen

Bruders Christoph hinterlassenem

Antheile am Gute Linda beliehen; doch mußte

er einen Revers aufstellen / nach welchem die

Lehensreichung null und nichtig sein sollte /

im Fall sein Bruder Christoph (der nach

beigebrachtem Totenschein als Cornet

in der Compagnie des Freiherrn von Pirovano

des kaiserl. oesterr. Heysterschen Regiments

zu Roß.... verstorben war) zurückkehrt ... «

REITEN, reiten, reiten, durch den Tag, durch die Nacht, durch den Tag. Reiten, reiten, reiten.

Und der Mut ist so müde geworden und die Sehnsucht so groß. Es gibt keine Berge mehr, kaum einen Baum. Nichts wagt aufzustehen. Fremde Hütten hocken durstig an versumpften Brunnen. Nirgends ein Turm. Und immer das gleiche Bild. Man hat zwei Augen zuviel. Nur in der Nacht manchmal glaubt man den Weg zu kennen. Vielleicht kehren wir nächtens immer wieder das Stück zurück, das wir in der fremden Sonne mühsam gewonnen haben? Es kann sein. Die Sonne ist schwer, wie bei uns tief im Sommer. Aber wir haben im Sommer Abschied genommen. Die Kleider der Frauen leuchteten lang aus dem Grün. Und nun reiten wir lang. Es muß also Herbst sein. Wenigstens dort, wo traurige Frauen von uns wissen.

DER von Langenau rückt im Sattel und sagt. »Herr Marquis ... « Sein Nachbar, der kleine feine Franzose, hat erst drei Tage lang gesprochen und gelacht. Jetzt weiß er nichts mehr. Er ist wie ein Kind, das schlafen möchte. Staub bleibt auf seinem feinen weißen Spitzenkragen liegen; er merkt es nicht. Er wird langsam welk in seinem samtenen Sattel. Aber der von Langenau lächelt und sagt: »Ihr habt seltsame Augen, Herr Marquis. Gewiß seht Ihr Eurer Mutter ähnlich -«, Da blüht der Kleine noch einmal auf und stäubt seinen Kragen ab und ist wie neu.

JEMAND erzählt von seiner Mutter. Ein Deutscher offenbar. Laut und langsam setzt er seine Worte: Wie ein Mädchen, das Blumen bindet, nachdenklich Blume um Blume probt und noch nicht weiß, was aus dem Ganzen wird -: so fügt er seine Worte. Zu Lust? Zu Leide? Alle lauschen. Sogar das Spucken hört auf. Denn es sind lauter Herren, die wissen, was sich geört. Und wer das Deutsche nicht kann in dem Haufen, der versteht es auf einmal, fühlt einzelne Worte: »Abends« ... »Klein war ... «

DA sind sie alle einander nah, diese Herren, die aus Frankreich kommen und aus Burgund, aus den Niederlanden, aus Kärntens Tälern, von den böhmischen Burgen und vom Kaiser Leopold. Denn was der Eine erzählt, das haben auch sie erfahren und gerade so. Als ob es nur eine Mutter gäbe...

SO reitet man in den Abend hinein, in irgend einen Abend. Man schweigt wieder, aber man hat die lichten Worte mit. Da hebt der Marquis den Helm ab. Seine dunklen Haare sind weich und, wie er das Haupt senkt, dehnen sie sich frauenhaft auf seinem Nacken. Jetzt erkennt auch der von Langenau: Fern ragt etwas in den Glanz hinein, etwas Schlankes, Dunkles. Eine einsame Säule, halbverfallen. Und wie sie lange vorüber sind, später, fällt ihm ein, daß das eine Madonna war.

WACHTFEUER. Man sitzt rundumher und wartet. Wartet, daß einer singt. Aber man ist so müd. Das rote Licht ist schwer. Es liegt auf den staubigen Schuhn. Es kriecht bis an die Kniee, es schaut in die gefalteten Hände hinein. Es hat keine Flügel. Die Gesichter sind dunkel. Dennoch leuchten eine Weile die Augen des kleinen Franzosen mit eigenem Licht. Er hat eine kleine Rose geküßt, und nun darf sie weiterwelken an seiner Brust. Der von Langenau hat es gesehen, weil er nicht schlafen kann. Er denkt: Ich habe keine Rose, keine. Dann singt er. Und das ist ein altes trauriges Lied, das zu Hause die Mädchen auf den Feldern singen, im Herbst, wenn die Ernten zu Ende gehen.

SAGT der kleine Marquis. »Ihr seid sehr jung, Herr?« Und der von Langenau, in Trauer halb und halb im Trotz. »Achtzehn.« Dann schweigen sie. Später fragt der Franzose: »Habt Ihr auch eine Braut daheim, Herr Junker?« »Ihr?« gibt der von Langenau zurück. »Sie ist blond wie Ihr. « Und sie schweigen wieder, bis der Deutsche ruft: »Aber zum Teufel, warum sitzt Ihr denn dann im Sattel und reitet durch dieses giftige Land den türkischen Hunden entgegen?« Der Marquis lächelt. »Um wiederzukehren. « Und der von Langenau wird traurig. Er denkt an ein blondes Mädchen, mit dem er spielte. Wilde Spiele. Und er möchte nach Hause, für einen Augenblick nur, nur für so lange, als es braucht, um die Worte zu sagen: »Magdalena, - daß ich immer so war, verzeih !« Wie - war? denkt der junge Herr. - Und sie sind weit.

EINMAL, am Morgen, ist ein Reiter da, und dann ein zweiter, vier, zehn. Ganz in Eisen, groß. Dann tausend dahinter. Das Heer. Man muß sich trennen. »Kehrt glücklich heim, Herr Marquis. -« »Die Maria schützt Euch, Herr Junker. « Und sie können nicht voneinander. Sie sind Freunde auf einmal, Brüder. Haben einander mehr zu vertrauen; denn sie wissen schon so viel Einer vom Andern. Sie zögern. Und ist Hast und Hufschlag um sie. Da streift der Marquis den großen rechten Handschuh ab. Er holt die kleine Rose hervor, nimmt ihr ein Blatt. Als ob man eine Hostie bricht. »Das wird Euch beschirmen. Lebt wohl. « Der von Langenau staunt. Lange schaut er dem Franzosen nach. Dann schiebt er das fremde Blatt unter den Waffenrock. Und es treibt auf und ab auf den Wellen seines Herzens. Hornruf. Er reitet zum Heer, der Junker. Er lächelt traurig: ihn schützt eine fremde Frau.

EIN Tag durch den Troß. Flüche, Farben, Lachen: davon blendet das Land. Kommen bunte Buben gelaufen. Raufen und Rufen. Kommen Dirnen mit purpurnen Hüten im flutenden Haar. Winken. Kommen Knechte, schwarzeisern wie wandernde Nacht. Packen die Dirnen heiß, daß ihnen die Kleider zerreißen. Drücken sie an den Trommelrand. Und von der wilderen Gegenwehr hastiger Hände werden die Trommeln wach, wie im Traum poltern sie, poltern -. Und Abends halten sie ihm Laternen her, seltsame. Wein, leuchtend in eisernen Hauben. Wein? Oder Blut? - Wer kann es unterscheiden?

ENDLICH vor Spork. Neben seinem Schimmel ragt der Graf. Sein langes Haar hat den Glanz des Eisens. Der von Langenau hat nicht gefragt. Er erkennt den General, schwingt sich vom Roß und verneigt sich in einer Wolke Staub. Er bringt ein Schreiben mit, das ihn empfehlen soll beim Grafen. Der aber befiehlt: »Lies mir den Wisch.« Und seine Lippen haben sich nicht bewegt. Er braucht sie nicht dazu; sind zum Fluchen gerade gut genug. Was drüber hinaus ist, redet die Rechte. Punktum. Und man sieht es ihr an. Der junge Herr ist längst zu Ende. Er weiß nicht mehr, wo er steht. Der Spork ist vor Allem. Sogar der Himmel ist fort. Da sagt Spork, der große General: »Cornet.« Und das ist viel.

DIE Kompagnie liegt jenseits der Raab. Der von Langenau reitet hin, allein. Ebene. Abend. Der Beschlag vorn am Sattel glänzt durch den Staub. Und dann steigt der Mond. Er sieht es an seinen Händen.

Er träumt.

Aber da schreit es ihn an.

Schreit, schreit,

zerreißt ihm den Traum.

Das ist keine Eule. Barmherzigkeit:

der einzige Baum

schreit ihn an:

Mann !

Und er schaut: es bäumt sich. Es bäumt sich ein Leib

den Baum entlang, und ein junges Weib,

blutig und bloß,

fällt ihn an: Mach mich los !

Und er springt hinab in das schwarze Grün

und durchhaut die heißen Stricke;

und er sieht ihre Blicke glühn

und ihre Zähne beißen.

Lacht sie?

Ihn graust.

Und er sitzt schon zu Roß

und jagt in die Nacht.

Blutige Schnüre fest in der Faust.

DER von Langenau schreibt einen Brief, ganz in Gedanken.
Langsam malt er mit großen, ernsten, aufrechten Lettern:

»Meine gute Mutter,

»seid stolz: Ich trage die Fahne,

»seid ohne Sorge. Ich trage die Fahne,

»habt mich lieb: Ich trage die Fahne - « Dann steckt er den Brief zu sich in den Waffenrock,

an die heimlichste Stelle, neben das Rosenblatt.

Und denkt. er wird bald duften davon. Und denkt: vielleicht findet ihn einmal Einer ... Und denkt- ....; denn der Feind ist nah.

SIE reiten über einen erschlagenen Bauer. Er hat die Augen weit offen und Etwas spiegelt sich drin; kein Himmel. Später heulen Hunde. Es kommt also ein Dorf, endlich. Und über den Hütten steigt steinern ein Schloß. Breit hält sich ihnen die Brücke hin. Groß wird das Tor. Hoch willkommt das Horn. Horch: Poltern, Klirren und Hundegebell ! Wiehern im Hof, Hufschlag und Ruf.

RAST ! Gast sein einmal. Nicht immer selbst seine Wünsche bewirten mit kärglicher Kost. Nicht immer feindlich nach allem fassen; einmal sich alles geschehen lassen und wissen - was geschieht, ist gut. Auch der Mut muß einmal sich strecken und sich am Saume seidener Decken in sich selber überschlagen. Nicht immer Soldat sein. Einmal die Locken offen tragen und den weiten offenen Kragen und in seidenen Sesseln sitzen und bis in die Fingerspitzen so: nach dem Bad sein. Und wieder erst lernen, was Frauen sind. Und wie die weißen tun und wie die blauen sind; was für Hände sie haben, wie sie ihr Lachen singen, wenn blonde Knaben die schönen Schalen bringen, von saftigen Früchten schwer.

ALS Mahl beganns. Und ist ein Fest geworden, kaum weiß man wie. Die hohen Flammen flackten, die Stimmen schwirrten, wirre Lieder klirrten aus Glas und Glanz, und endlich aus den reifgewordnen Takten:

entsprang der Tanz. Und alle riß er hin. Das war ein Wellenschlagen in den Sälen, ein Sich-Begegnen und ein Sich-Erwählen, ein Abschiednehmen und ein Wiederfinden, ein

Glanzgenießen und ein Lichterblinden und ein Sich-Wiegen in den Sommerwinden, die in den Kleidern warmer Frauen sind. Aus dunklem Wein und tausend Rosen rinnt die Stunde rauschend in den Traum der Nacht.

UND Einer steht und staunt in diese Pracht. Und er ist so geartet, daß er wartet, ob er erwacht. Denn nur im Schlafe schaut man solchen Staat und solche Feste solcher Frauen: ihre kleinste Geste ist eine Falte, fallend in Brokat. Sie bauen Stunden auf aus silbernen Gesprächen, und manchmal heben sie die Hände so -, und du mußt meinen, daß sie irgendwo, wo du nicht hinreichst, sanfte Rosen brächen, die du nicht siehst. Und da träumst du: Geschmückt sein mit ihnen und anders beglückt sein und dir eine Krone verdienen für deine Stirne, die leer ist.

EINER, der weiße Seide trägt, erkennt, daß er nicht erwachen kann; denn er ist wach und verwirrt von Wirklichkeit. So flieht er bange in den Traum und steht im Park, einsam im schwarzen Park. Und das Fest ist fern. Und das Licht lügt. Und die Nacht ist nahe um ihn und kühl. Und er fragt eine Frau, die sich zu ihm neigt. »Bist Du die Nacht?« Sie lächelt. Und da schämt er sich für sein weißes Kleid. Und möchte weit und allein und in Waffen sein. Ganz in Waffen.

HAST Du vergessen, daß Du mein Page bist für diesen Tag? Verlässest Du mich? Wo gehst Du hin? Dein weißes Kleid gibt mir Dein Recht -. «

»Sehnt es Dich nach Deinem rauhen Rock?«

»Frierst Du? - Hast Du Heimweh?« Die Gräfin lächelt. Nein. Aber das ist nur, weil das Kindsein ihm von den Schultern gefallen ist, dieses sanfte dunkle Kleid. Wer hat es fortgenommen? »Du?« fragt er mit einer Stimme, die er noch nicht gehört hat. »Du!« Und nun ist nichts an ihm. Und er ist nackt wie ein Heiliger. Hell und schlank.

LANGSAM lischt das Schloß aus. Alle sind schwer: müde oder

verliebt oder trunken. Nach so vielen leeren, langen Feldnächten: Betten. Breite eichene Betten. Da betet sichs anders als in der lumpigen Furche unterwegs, die, wenn man einschlafen will, wie ein Grab wird. »Herrgott, wie Du willst! « Kürzer sind die Gebete im Bett. Aber inniger.

DIE Turmstube ist dunkel. Aber sie leuchten sich ins Gesicht mit ihrem Lächeln. Sie tasten vor sich her wie Blinde und finden den Andern wie eine Tür. Fast wie Kinder, die sich vor der Nacht ängstigen, drängen sie sich in einander ein. Und doch fürchten sie sich nicht. Da ist nichts, was gegen sie wäre: kein Gestern, kein Morgen; denn die Zeit ist eingestürzt. Und sie blühen aus ihren Trümmern. Er fragt nicht. »Dein Gemahl?« Sie fragt nicht: » Dein Namen?« Sie haben sich ja gefunden, um einander ein neues Geschlecht zu sein. Sie werden sich hundert neue Namen geben und einander alle wieder abnehmen, leise, wie man einen Ohrring abnimmt.

IM Vorsaal über einem Sessel hängt der Waffenrock, das Bandelier und der Mantel von dem von Langenau. Seine Handschuhe liegen auf dem Fußboden. Seine Fahne steht steil, gelehnt an das Fensterkreuz. Sie ist schwarz und schlank. Draußen jagt ein Sturm über den Himmel hin und macht Stücke aus der Nacht, weiße und schwarze. Der Mondschein geht wie ein langer Blitz vorbei, und die reglose Fahne hat unruhige Schatten. Sie träumt.

WAR ein Fenster offen? Ist der Sturm im Haus? Wer schlägt die Türen zu? Wer geht durch die Zimmer? Laß. Wer es auch sei. Ins Turmgemach findet er nicht. Wie hinter hundert Türen ist dieser große Schlaf, den zwei Menschen gemeinsam haben; so gemeinsam wie eine Mutter oder einen Tod.

IST das der Morgen? Welche Sonne geht auf? Wie groß ist die Sonne. Sind das Vögel? Ihre Stimmen sind überall. Alles ist hell, aber es ist kein Tag. Alles ist laut, aber es sind nicht Vogelstimmen. Das sind die Balken, die leuchten. Das sind die Fenster, die schrein. Und sie schrein, rot, in die Feinde hinein, die draußen stehn im flackernden Land, schrein Brand. Und mit zerrissenem Schlaf im Gesicht drängen sich alle, halb Eisen, halb nackt, von Zimmer zu Zimmer, von Trakt zu Trakt und suchen die Treppe. Und mit verschlagenem Atem stammeln Hörner im Hof: Sammeln, sammeln ! Und bebende Trommeln.

ABER die Fahne ist nicht dabei.

Rufe -. Cornet !

Rasende Pferde, Gebete, Geschrei,

Flüche. Cornet !

Eisen an Eisen, Befehl und Signal;

Stille: Cornet !

Und noch ein Mal.- Cornet !

Und heraus mit der brausenden Reiterei.

Aber die Fahne ist nicht dabei.

ER läuft um die Wette mit brennenden Gängen, durch Türen, die ihn glühend umdrängen, über Treppen, die ihn versengen, bricht er aus aus dem rasenden Bau. Auf seinen Armen trägt er die Fahne wie eine weiße, bewußtlose Frau. Und er findet ein Pferd, und es ist wie ein Schrei - über alles dahin und an allem vorbei, auch an den Seinen. Und da kommt auch die Fahne wieder zu sich und niemals war sie so königlich; und jetzt sehn sie sie alle, fern voran, und erkennen den hellen, helmlosen Mann und erkennen die Fahne... Aber da fängt sie zu scheinen an, wirft sich hinaus und wird groß und rot ...

Da brennt ihre Fahne mitten im Feind, und sie jagen ihr nach.

DER von Langenau ist tief im Feind, aber ganz allein. Der Schrecken hat um ihn einen runden Raum gemacht, und er hält, mitten drin, unter seiner langsam verlodernden Fahne. Langsam, fast nachdenklich, schaut er um sich. Es ist viel Fremdes, Buntes vor ihm. Gärten - denkt er und lächelt. Aber da fühlt er, daß Augen ihn halten und erkennt Männer und weiß, daß es die heidnischen Hunde sind -: und wirft sein Pferd mitten hinein. Aber, als es jetzt hinter ihm zusammenschlägt, sind es doch wieder Gärten, und die sechzehn runden Säbel, die auf ihn zuspringen, Strahl um Strahl, sind ein Fest. Eine lachende Wasserkunst.

DER Waffenrock ist im Schlosse verbrannt, der Brief und das Rosenblatt einer fremden Frau. - Im nächsten Frühjahr (es kam traurig und kalt) ritt ein Kurier des Freiherrn von Pirovano langsam in Langenau ein. Dort hat er eine alte Frau weinen sehen.

Feder und Schwert - Ein Dialog

(1893)

In der Ecke eines Zimmers stand ein Schwert. Die helle, stählerne Fläche seiner Klinge erglänzte, vom Strahle der Sonne berührt, in rötlichem Scheine. Stolz hielt das Schwert Umschau im Zimmer; es sah, daß alles sich an seinem Glasten weidete. Alles? - Nicht doch! Dort auf dem Tische lag, müßig an ein Tintenfaß gelehnt, eine Feder, der es nicht im mindesten einfiel sich vor der glitzernden Majestät jener Waffe zu beugen. - Das ergrimmte das Schwert und es begann also zu sprechen: »Wer bist du wohl, nichtswürdig Ding, daß du nicht gleich den andern vor meinem Glanz dich beugst und ihn bewunderst? Sieh nur um dich! Alle Geräte stehen ehrfurchtsvoll in tiefes Dunkel gehüllt. Mich allein, mich hat die helle beglückende Sonne zu ihrem Liebling erkoren; sie belebt mich mit ihrem wonnigen Flammenkusse, und ich lohne ihrs, indem ich ihr Licht tausendfach widerstrahle. Mächtigen Fürsten nur ziemt es, in leuchtendem Gewande daherzuschreiten. Die Sonne kennt meine Macht, darum legt sie mir den königlichen Purpur ihrer Strahlen um die Schultern.«

Lächelnd erwiderte drauf die besonnene Feder:

»Sieh doch, wie eitel und stolz du bist und wie du dich brüstest mit dem erborgten Glanze! Sind wir doch beide - besinne dich - ganz nahe Verwandte. Beide hat uns die sorgende Erde geboren, beide sind wir im Urzustand vielleicht im selben Gebirge neben einander gestanden Jahrtausende lang; bis der Menschen geschäftiger Fleiß die Ader des nützlichen Erzes, deren Bestandteile wir waren, entdeckte. Beide nahm man uns weg; beide sollten wir, ungefüge Kinder der rauhen Natur noch, über der Hitze der dampfenden Esse, unter des Hammers mächtigen Schlägen zu nützlichen Gliedern des irdischen Treibens umgeschaffen werden. Und so auch geschah es. Du wurdest ein Schwert - bekamst eine große und feste Spitze; ich, eine Feder, wurde mit einer dünnen, zierlichen bedacht. Sollen wir wirklich schaffen und wirken, müssen wir uns erst die glänzende Spitze benetzen. Du mit dem Blute, ich - nur mit - Tinte!«

»Diese Rede, in gelehrtem Stile gehalten«, fiel nun das Schwert ein, »macht mich lachen fürwahr. Ist es doch grade, als wollte die Maus, das kleine nichtige Tierchen, ihre nahe Verwandtschaft mit dem Elefanten beweisen. Die spräche dann so wie du! Denn auch sie hat gleich dem Elefanten vier Beine und hat sich sogar eines Rüssels zu rühmen. So könnte man glauben, sie seien zum wenigsten Vettern! Du hast, liebe Feder, sehr schlau und berechnend jetzt das nur genannt, worin ich dir gleiche. Ich aber will dir erzählen, was uns unterscheidet. Ich, das glänzende, stolze Schwert, werde um die Hüfte geschnallt von einem kühnen, edlen Ritter; dich aber dich steckt ein altes Schreiberlein hinter sein langes Eselsohr. Mich erfaßt mein Herr mit kräftiger Hand und trägt mich in die Reihen der Feinde; ich führe ihn hindurch. Dich, beste Feder, führt dein Magister mit zitternder Hand über vergilbtes Pergament. Ich wüte furchtbar unter den Feinden, springe mutig, tollkühn bald her, bald hin; du kratzest in ewiger Monotonie über dein Pergament hin und wagst dich nicht ein Stückchen aus jenen Bahnen, die dir die führende Hand vorsichtig weist. Und endlich, endlich - geht meine Kraft zu Ende, werde ich alt und schwach, dann ehrt man mich, wie es Helden geziemt, stellt mich im Ahnensaale zur Schau und bewundert mich. Was aber geschieht mit dir? Ist dein Herr mit dir unzufrieden, wirst du alt und beginnst du mit dicken Strichen über das Papier hinzukreuchen, packt er dich, entreißt dich dem Stiele, der dir Stütze war, und wirft dich weg, wenn er nicht Gnade übt und dich mit ein paar deiner Schwestern um wenige Kreuzer einem Trödler verkauft.«

»Du magst ja in mancher Beziehung«, versetzte die Feder sehr ernst, »so unrecht nicht haben. Daß man mich oft gering schätzt, ist ja wahr, ebenso wie, daß man mich, nachdem ich unbrauchbar geworden bin, sehr übel behandelt. Doch deswegen ist die Macht, die mir zu Gebote steht, solange ich arbeiten kann, keine geringe. Es kommt ja nur auf eine Wette an!«

»Du wolltest mir eine Wette anbieten?« lachte das übermütige Schwert.

»Wofern du wagst, dieselbe anzunehmen.«

»Und ob ich sie annehme«, versetzte das Schwert, das sich noch immer nicht vom Lachen erholen konnte. »Was gilt die Wette?«

Die Feder aber setzte sich zurecht, nahm eine strenge Amtsmiene an und begann:

»Wir wollen wetten, daß ich imstande bin, dich zu hindern, deiner Arbeit, dem Kampfe, nachzugehen, wenn ich will!«

»Ho, ho, das klingt ja kühn.«

»Bist du's zufrieden?«

»Ich gehe darauf ein.«

»Nun wohl«, sagte die Feder, »laß uns sehen.«

Es waren wenige Minuten seit dem Abschlusse dieser Wette vergangen, als ein junger Mann in reichem Waffenkleide eintrat, das Schwert faßte und sich dasselbe anlegte. Hierauf betrachtete er wohlgefällig die blanke Klinge. Von draußen erschallte heller

Trompetenruf, Trommelwirbel - es ging zur Schlacht. Eben wollte der junge Mann das Zimmer verlassen, als ein anderer, der eine hohe Stelle bekleiden mußte, wie man aus seinem reichen Schmucke ersah, eintrat. Der junge verneigte sich tief vor ihm. Der Würdenträger war indessen an den Tisch getreten, hatte die Feder erfaßt und eilends etwas hingeschrieben. »Der Friedensvertrag ist schon unterzeichnet«, sagte er lächelnd. Der Jüngere stellte sein Schwert wieder in die Ecke, und beide verließen das Zimmer.

Auf dem Tische aber lag die Feder. Der Sonnenstrahl spielte mit ihr, und ihr feuchtes Erz glitzerte hell.

»Ziehst du nicht zum Kampfe, mein liebes Schwert« fragte sie lächelnd.

Das Schwert aber stand still in der finsteren Ecke. Ich glaube, es prahlte nie wieder.

Frau Blahas Magd

In jedem Sommer fuhr Frau Blaha, welche an den kleinen Beamten der Turnauer Bahn, Wenzel Blaha, verheiratet war, für einige Wochen in ihren Heimatort. Dieser Ort ist im flachen und sumpfigen Böhmen in der Gegend von Nimburg gelegen und recht arm und unbedeutend. Als Frau Blaha, die sich doch schon gewissermaßen Städterin fühlte, all die kleinen elenden Häuser wiedersah, glaubte sie sich imstande, eine Wohltat zu versuchen. Sie trat bei einer bekannten Bäuerin ein, von der sie wußte, daß sie eine Tochter besäße, und schlug ihr vor, diese Tochter zu sich in die Stadt in Dienst zu nehmen. Sie würde ihr einen kleinen, bescheidenen Lohn zahlen, und überdies hätte das Mädchen den Vorteil, in der Stadt zu sein und da manches zu lernen. (Was sie da lernen sollte, war Frau Blaha selbst nicht klar.) Die Bäuerin besprach die Angelegenheit mit ihrem Mann, der beständig die Augen zusammenkniff und zunächst nur ausspuckte. Nach einer halben Stunde aber kam er wieder in die Stube und fragte: »Na, und weiß die Frau, daß die Anna soso ist?« Dabei schwankte seine braune, faltige Hand wie ein welkes Kastanienblatt vor seiner Stirn hin und her.

»Dummkopf«, machte die Bäuerin, »wir werden doch nicht...!«

So kam die Anna zu Blahas. Sie war da meistens den ganzen Tag allein. Der Herr, Wenzel Blaha, war in der Kanzlei, die Frau ging in die Häuser nähen, und Kinder gab es keine. Anna saß in der kleinen, finstern Küche, welche ein Fenster in den Lichthof hatte, und wartete, bis der Leierkastenmann kam. Das war jeden Tag vor der Dämmerung. Dann lehnte sie in dem kleinen Fenster, weit vorgebeugt, sodaß ihr blasses Haar im Winde hing, und tanzte innerlich, bis daß sie schwindlig wurde und die hohen, schmutzigen Mauern unsicher und schwankend sich gegeneinander bewegten. Wenn ihr dann ängstlich wurde, begann sie durch das ganze Haus zu gehen über die finsteren und schmutzigen Treppen bis hinunter in die qualmige Gassenschenke, wo dann und wann irgendeiner sang in der ersten Trunkenheit. Unterwegs geriet sie immer unter die Kinder, die sich, ohne daß eines zu Hause vermißt wurde, tagelang im Hofe herumtrieben, und die Kinder wollten seltsamerweise immer, sie solle ihnen Geschichten erzählen. Sie kamen ihr manchmal sogar bis in die Küche nach. Aber dann setzte die Anna sich an den Herd, deckte das leere, blasse Gesicht mit den Händen zu und sagte: »Nachdenken.« Und die Kinder geduldeten sich eine Weile. Als aber Annuschka immer noch nachdachte, so daß es ganz still und bange wurde in der finsteren Küche, liefen die Kinder davon und sahen nicht mehr, daß das Mädchen sanft und klagend zu weinen begann und vor lauter Heimweh ganz klein und hilflos war. Wonach sie sich sehnte, ist ungewiß. Nach den Schlägen vielleicht auch ein wenig. Meistens aber nach so etwas Unbestimmtem, das irgendwann einmal war, oder vielleicht hat sie es auch nur geträumt. Bei dem vielen Nachdenken, das die Kinder von ihr verlangten, fiel es ihr langsam ein. Erst rot, rot - und dann viele Leute. Und dann eine Glocke, eine laute Glocke; und dann: ein König - und ein Bauer und ein Turm. Und sie sprechen. »Lieber König«, sagt der Bauer... »Ja«, sagt der König darauf mit sehr stolzer Stimme: »Ich weiß.« Und, in der Tat, wie sollte ein König nicht alles wissen, was ein Bauer ihm zu sagen hat.

Kurz darauf nahm die Frau das Mädchen einmal zum Einkaufen mit. Da es um Weihnachten war und Abend, waren die Schaufenster sehr hell und mit vielem Überfluß angefüllt. In einem Spielwarenladen sah Anna plötzlich ihre Erinnerung. Den König, den Bauer, den Turm. Oh, und das Herz schlug ihr lauter, als ihre Schritte waren. Aber sie sah rasch fort, und ohne stehenzubleiben ging sie neben Frau Blaha her. Sie hatte das Gefühl, als ob sie nichts verraten dürfte. Und das Puppentheater blieb also, gleichsam unbeachtet, hinter ihnen zurück. Frau Blaha, die keine Kinder hatte, hatte es gar nicht bemerkt. - Kurz darauf hatte Anna ihren Ausgehsonntag. Sie kam nicht am Abend zurück. Ein Mann, den sie schon unten in der Schenke gesehen hatte, schloß sich ihr an, und sie konnte sich nicht mehr genug erinnern, wohin er sie geführt hatte. Ihr war, als wäre sie ein Jahr fort gewesen. Als sie müde, Montag früh, in die Küche kam, war alles noch kälter und grauer als sonst. Sie zerschlug an diesem

Tag eine Suppenterrine und wurde deshalb arg gescholten. Daß sie die Nacht ausgeblieben war, hatte die Frau gar nicht bemerkt. Später, bis gegen Neujahr, blieb sie noch drei Nächte aus. Dann hörte sie mit einem Male auf, im Hause herumzugehen, verschloß ängstlich die Wohnung und kam, auch wenn der Leiermann spielte, nicht immer ans Fenster.

So verging der Winter, und ein blasses, zaghaftes Frühjahr begann. Das ist eine eigene Jahreszeit in den Hinterhöfen. Die Häuser sind schwarz und feucht, und die Luft ist licht wie oft gewaschenes Linnen. Die schlechtgeputzten Fenster zucken von Glanz, und verschiedene leichte Abfälle tanzen im Wind an den Stockwerken vorüber. Die Geräusche des ganzen Hauses sind vernehmlicher, und die Schüsseln klirren anders, heller, höher, und die Messer und Löffel haben ein anderes Rasseln.

Zu dieser Zeit bekam Annuschka ein Kind. Es kam ihr vollkommen unerwartet. Nachdem sie sich wochenlang dick und schwer gefühlt hatte, drängte es sich eines Morgens aus ihr heraus und war in der Welt, weiß Gott, woher. Es war Sonntag, und man schlief noch im Hause. Sie betrachtete es eine Weile, ohne daß ihr Gesicht sich irgendwie veränderte. Das Kind bewegte sich kaum, aber plötzlich begann ganz spitze Stimme in der kleinen Brust, und zugleich rief Frau Blaha, und ein Bett krachte in der Stube drin. Da packte Annuschka ihre blaue Schürze, welche nah am Bette hing, zog die Gürtelbänder derselben über dem kleinen. Halse zusammen und legte das ganze blaue Bündel zuunterst in ihren Koffer. Dann ging sie in die Stube, zog die Vorhänge auf und begann den Kaffee zu kochen. An einem der nächsten Tage zählte Annuschka ihren bisher erhaltenen Lohn.- Es waren fünfzehn Gulden. Dann versperrte sie die Tür, machte den Koffer auf und legte die blaue Schürze, die schwer und reglos war, auf den Küchentisch. Sie band sie langsam auf, besah das Kind und maß mit einem Zentimeterstreifen seine Länge, vom Kopf bis zu den Füßen. Dann brachte sie alles in die frühere Ordnung und ging aus dem Haus. Aber schade, der König, der Bauer und der Turm waren um vieles kleiner. Sie brachte sie dennoch mit und noch andere Puppen dazu. Nämlich eine Prinzessin mit roten runden Punkten auf den Wangen, einen alten Mann, einen anderen alten Mann, der ein Kreuz auf der Brust hatte und schon wegen seines großen Bartes wie der heilige Nikolaus aussah, und noch zwei oder drei, die nicht so schön und bedeutend waren. Dazu ein Theater, dessen Vorhang auf und nieder ging, wobei der Garten dahinter abwechselnd auftauchte und wieder verschwand.

Jetzt hatte Annuschka etwas für das Alleinsein. Wo war das Heimweh hin? Sie baute das große, schöne Theater auf (es hatte zwölf Gulden gekostet) und stellte sich, wie es sich gehört, dahinter auf. Aber manchmal, wenn der Vorhang gerade aufgerollt war, lief sie rasch nach vorn, und nun schaute sie in Gärten hinein, und die ganze graue Küche war verschwunden hinter den hohen, ,prächtigen Bäumen. Dann trat sie wieder zurück und holte zwei oder drei Figuren hervor und ließ sie reden nach ihrer Meinung. Es wurde nie ein Stück daraus; aber es gab Rede und Gegenrede, auch geschah es, daß sich zwei Puppen plötzlich, wie erschrocken, voreinander verneigten. Oder es verneigten sich: beide vor dem alten Mann, der das nicht konnte, weil er ganz von Holz war. Deshalb fiel er jedesmal aus Dankbarkeit um.

Unter den Kindern ging das Gerücht von diesen Spielen Annuschkas. Und seither fanden sich, erst mißtrauisch, dann immer argloser, die Kinder der Nachbarschaft in der Küche der Blahas ein und standen, wenn es dämmerte, in den Ecken und ließen die schönen Puppen, die immer dasselbe sprachen, nicht. aus den Augen. Einmal hatte Annuschka ganz heiße Wangen und sagte: Ich habe noch eine ganz große Puppe. Die Kinder zitterten vor Ungeduld. Aber Annuschka schien es wieder vergessen zu haben. Sie stellte alle Personen in ihren Garten hinein und diejenigen, die nicht aufrecht bleiben mochten, lehnte sie an die seitlichen Kulissen. Dabei kam auch eine Art Harlekin mit großem, rundem Gesicht zum Vorschein, dessen sich die Kinder gar nicht erinnern konnten. Aber durch alle Pracht immer noch mehr gereizt, baten die Kinder um die >ganz große<. Nur einmal die >ganz große<. Nur einen Augenblick: die >ganz große<.

Annuschka ging nach hinten zu ihrem Koffer. Es dunkelte schon. Die Kinder und die Puppen standen ,einander gegenüber, ganz still und ähnlich. Aber aus den weit aufgerissenen Augen des Harlekin, welche waren, als ob sie etwas Entsetzliches erwarteten, kam ganz unvermutet eine solche Angst über die Kinder, daß sie mit einem Male aufschreiend davonliefen, ohne Ausnahme.

Mit dem großen Blauen in den Händen kam Annuschka zurück. Auf einmal zitterten ihre Hände. Die Küche war hinter den Kindern so still geworden und so leer. Annuschka hatte keine Angst. Sie lachte leise und stieß das Theater mit den Füßen um und trat die einzelnen dünnen Brettchen, welche doch den Garten bedeuteten, entzwei. Und dann, als die Küche schon ganz dunkel war, ging sie herum und spaltete allen Puppen die Köpfe, auch der großen blauen.

Generationen

In unseren Stuben riecht es am Donnerstag nach Tomaten, am Sonntag nach Gänsebraten, und jeden Montag ist Wäsche. So sind die Tage: der rote, der fette, der seifige. Außerdem gibt es noch die Tage hinter der Glastür; oder eigentlich einen einzigen Tag aus Kühle, Seide und Sandelholz. Das Licht darin ist gesiebt, fein, silbern, still; Ruß, Sturm, Lärm und Fliegen kommen nicht mit herein wie in alle anderen Stuben. Und doch ist nur die Glastür dazwischen; aber sie ist wie zwanzig eherne Tore, oder wie eine Brücke, die nicht enden will, oder wie ein Fluß mit einer unsicheren Fähre von Ufer zu Ufer.

Selten kommt jemand hinüber und erkennt nach und nach, tief in der Dämmerung: über dem Sofa, groß, in Goldrahmen, der Großvater, die Großmutter. Es sind enge, ovale Brustbilder, aber beide haben ihre Hände hineingehoben, so mühsam das gewesen sein mag. Es wären keine Porträts geworden ohne diese Hände, hinter denen sie leise und bescheiden hingelebt haben, alle Tage lang. Diese Hände hatten das Leben gehabt und die Arbeit, die Sehnsucht und die Sorge, waren mutig und jung gewesen und sind müde und alt geworden, während sie selbst nur fromme, ehrfürchtige Zuschauer dieser Geschicke waren. Ihre Mienen blieben müßig irgendwo weit vom Leben und hatten nichts zu tun, als einander langsam ähnlich zu werden. Und in den Goldrahmen über dem Sofa sehen sie wie Geschwister aus. Aber dann stehen mit einem Male ihre Hände vor den schwarzen Sonntagskleidern und verraten sie.

Die eine, hart, krampfig, rücksichtslos, sagt: So ist das Leben. Die andere, blaß, bang, voll Zärtlichkeit, sagt: Sieben Kinder - oh! Und einmal ist der blonde Enkel dabei, hört die Hände und denkt: diese Hand ist wie der Vater, und meint die harte, narbige damit. Und vor der bleichen Hand fühlt er: wie die Mutter ist sie. Die Ähnlichkeit ist groß; und der Knabe weiß, daß die Eltern sich nicht gern so sehen mögen; deshalb kommen sie selten in den Salon. Sie passen in die Stuben, die voll sind von lautem Licht, und in den Wechsel der Tage, die bald rot von Tomaten, bald dumpf von Soda sind. Denn das ist das Leben. Und es bleibt alles in ihren Zügen hängen wie einst an den Händen der Großeltern. Ein paar Hände sind sie und nichts dahinter.

Hinter der Glastür sind seltsame Gedanken. Die hohen, halbblinden Spiegel wiederholen immerfort, als müßten sie's auswendig lernen: der Großvater, die Großmutter. Und die Albums auf der gehäkelten Tischdecke sind voll davon: Großvater, Großmutter, Großvater, Großmutter. Natürlich stehen die steilen Stühle ehrfurchtsvoll herum: als ob sie einander eben erst vorgestellt wären und gerade die ersten Phrasen tauschten: »Sehr angenehm«, oder: »Sie gedenken, lange hier zu bleiben?«oder so etwas Höfliches. Und dann verstummen sie ganz, sagen gleichsam: »Bitte«, wenn die Spieluhr beginnt: »Tingilligin ... « Und sie singt mit ihrer welken, winzigen Stimme ein Menuett. Das Lied bleibt eine Welle über den Dingen und sickert dann in die vielen dunklen Spiegel hinein und ruht in ihnen wie Silber in Seen.

In einer Ecke steht der Enkel und ist wie von van Dyck. Er möchte so heißen, daß man seinen Namen zur Spieluhr singen könnte, denn er hat plötzlich das Gefühl: Kampf und Krankheit sind es nicht, auch nicht die Sorgen und das tägliche Brot und der Wäschetag und alles andere, was mit uns draußen in den engen Stuben wohnt. Das wirkliche Leben ist wie dieses »Tingilligin« ... Es kann nehmen und schenken, kann dich Bettler rufen oder König und tief oder traurig machen je nachdem, aber es kann nicht das Gesicht bang oder zornig verzerren und es kann auch - verzeih, Großpapa - es kann auch die Hände nicht hart und häßlich machen wie deine.

Das war nur so ein breites, dunkles Gefühl in dem blonden Knaben. Wie ein Hintergrund, vor dem andere kleine Kindergedanken standen wie Bleisoldaten. Aber er empfand es doch, und vielleicht lebt ers einmal.

Geschichten vom Lieben Gott

Wie der Verrat nach Rußland kam

Ich habe noch einen Freund hier in der Nachbarschaft. Das ist ein blonder, lahmer Mann, der seinen Stuhl, winters wie sommers, hart am Fenster hat. Er kann sehr jung aussehen, ja in seinem lauschenden Gesicht ist manchmal etwas Knabenhaftes. Aber es giebt auch Tage, da er altert, die Minuten gehen wie Jahre über ihn, und plötzlich ist er ein Greis, dessen matte Augen das Leben fast schon losgelassen haben, Wir kennen uns lang. Erst haben wir uns immer angesehen, später lächelten wir unwillkürlich, ein Jahr lang grüßten wir einander, und seit Gott weiß wann erzählen wir uns das Eine und das Andere, wahllos, wie es eben passiert. –

»Guten Tag«, rief er, als ich vorüberkam und sein Fenster war noch offen in den reichen und stillen Herbst hinaus. »Ich habe Sie lange nicht gesehen.« »Guten Tag, Ewald –.« Ich trat an sein Fenster, wie ich immer zu tun pflegte, im Vorübergehen. »Ich war verreist « »Wo waren Sie?« fragte er mit ungeduldigen Augen. »In Rußland.« »Oh so weit –« er lehnte sich zurück, und dann: »Was ist das für ein Land, Rußland? Ein sehr großes, nicht wahr?« »Ja,« sagte ich, »groß ist es und außerdem –« »Habe ich dumm gefragt?« lächelte Ewald und wurde rot. »Nein, Ewald, im Gegenteil. Da Sie fragen: was ist das für ein Land? wird mir verschiedenes klar. Zum Beispiel woran Rußland grenzt.« Im Osten?« warf mein Freund ein. Ich dachte nach: »Nein.« »Im Norden?« forschte der Lahme. »Sehen Sie,« fiel mir ein, »das Ablesen von der Landkarte hat die Leute verdorben. Dort ist alles plan und eben, – und wenn sie die vier Weltgegenden bezeichnet haben, scheint ihnen alles getan. Ein Land ist doch aber kein Atlas. Es hat Berge und Abgründe. Es muß doch auch oben und unten an etwas stoßen. « »Hm – « überlegte mein Freund, »Sie haben recht. Woran könnte Rußland an diesen beiden Seiten grenzen?« Plötzlich sah der Kranke wie ein Knabe aus. »Sie wissen es,« rief ich. »Vielleicht an Gott?« »Ja,« bestätigte ich, »an Gott.« »So« nickte mein Freund ganz verständnisvoll. Erst dann kamen ihm einzelne Zweifel: »Ist denn Gott ein Land?«

»Ich glaube nicht, « erwiderte ich, »aber in den primitiven Sprachen haben viele Dinge denselben Namen. Es ist da wohl ein Reich, das heißt Gott, und der es beherrscht, heißt auch Gott. Einfache Völker können ihr Land und ihren Kaiser oft nicht unterscheiden; beide sind groß und gütig, furchtbar und groß.«

»Ich verstehe«, sagte langsam der Mann am Fenster. »Und merkt man in Rußland diese Nachbarschaft?« »Man merkt sie bei allen Gelegenheiten. Der Einfluß Gottes ist sehr mächtig. Wie viel man auch aus Europa bringen mag, die Dinge aus dem Westen sind Steine, sobald sie über die Grenze sind. Mitunter kostbare Steine, aber eben nur für die Reichen, die sogenannten ›Gebildeten‹, während von drüben aus dem anderen Reich das Brot kommt, wovon das Volk lebt. « »Das hat das Volk wohl in Überfluß?« Ich zögerte: »Nein, das ist nicht der Fall, die Einfuhr aus Gott ist durch gewisse Umstände erschwert - « Ich suchte ihn von diesem Gedanken abzubringen. »Aber man hat vieles aus den Gebräuchen jener breiten Nachbarschaft angenommen. Das ganze Zeremoniell beispielsweise. Man spricht zu dem Zaren ähnlich wie zu Gott.« »So, man sagt also nicht. Majestät?« »Nein, man nennt beide Väterchen. « »Und man kniet vor beiden?« »Man wirft sich vor beiden nieder, fühlt mit der Stirn den Boden und weint und sagt: ›Ich bin sündig, verzeih mir, Väterchen.‹ Die Deutschen, welche das sehen, behaupten: eine ganz unwürdige Sklaverei. Ich denke anders darüber. Was soll das Knien bedeuten? Es hat den Sinn zu erklären: Ich habe Ehrfurcht. Dazu genügt es auch, das Haupt zu entblößen, meint der Deutsche. Nun ja, der Gruß, die Verbeugung, gewissermaßen sind auch sie Ausdrücke dafür, Abkürzungen, die entstanden sind in den Ländern, wo nicht soviel Raum war, daß jeder sich hätte niederlegen können auf der Erde. Aber Abkürzungen gebraucht man bald mechanisch und ohne sich ihres Sinnes mehr bewußt zu werden. Deshalb ist es gut, wo noch Raum und Zeit dafür ist, die Gebärde auszuschreiben, das ganze schöne und wichtige Wort. Ehrfurcht.«

»Ja, wenn ich könnte, würde ich auch niederknien - «, träumte der

Lahme. Aber es kommt« - fuhr ich nach einer Pause fort - »in Rußland auch vieles andere von Gott. Man hat das Gefühl, jedes Neue wird von ihm eingeführt, jedes Kleid, jede Speise, jede Tugend und sogar jede Sünde muß erst von ihm bewilligt werden, ehe sie in Gebrauch kommt.« Der Kranke sah mich fast erschrocken an. »Es ist nur ein Märchen, auf welches ich mich berufe,« eilte ich ihn zu beruhigen, »eine sogenannte Bylina, ein Gewesenes zu deutsch. Ich will Ihnen kurz den Inhalt erzählen.

Der Titel ist: ›Wie der Verrat nach Rußland kam‹ .« Ich lehnte mich ans Fenster, und der Gelähmte schloß die Augen, wie er gerne tat, wenn irgendwo eine Geschichte begann.

»Der schreckliche Zar Iwan wollte den benachbarten Fürsten Tribut auferlegen und drohte ihnen mit einem großen Krieg, falls sie nicht Gold nach Moskau, in die weiße Stadt, schicken würden. Die Fürsten sagten, nachdem sie Rat gepflogen hatten, wie ein Mann: ›Wir geben dir drei Rätselfragen auf. Komm an dem Tage, den wir dir bestimmen, in den Orient, zu dem weißen Stein, wo wir versammelt sein werden, und sage uns die drei Lösungen. Sobald sie richtig sind, geben wir dir die zwölf Tonnen Goldes, die du von uns verlangst. Zuerst dachte der Zar Iwan Wassiljewitsch nach, aber es störten ihn die vielen Glocken seiner weißen Stadt Moskau. Da rief er seine Gelehrten und Räte vor sich, und jeden, der die Fragen nicht beantworten konnte, ließ er auf den großen, roten Platz führen, wo gerade die Kirche für Wassilij, den Nackten, gebaut wurde, und einfach köpfen. Bei einer solchen Beschäftigung verging ihm die Zeit so rasch, daß er sich plötzlich auf der Reise fand nach dem Orient, zu dem weißen Stein, bei welchem die Fürsten warteten. Er wußte auf keine der drei Fragen etwas zu erwidern, aber der Ritt war lang, und es war immer noch die Möglichkeit, einem Weisen zu begegnen; denn damals waren viele Weise unterwegs auf der Flucht, da alle Könige die Gewohnheit hatten, ihnen den Kopf abschneiden zu lassen, wenn sie ihnen nicht weise genug schienen. Ein solcher kam ihm nun allerdings nicht zu Gesicht, aber an einem Morgen sah er einen alten, bärtigen Bauer, welcher an einer Kirche baute. Er war schon dabei angelangt, den Dachstuhl zu zimmern und die kleinen Latten darüberzulegen. Da war es nun recht verwunderlich, daß der alte Bauer immer wieder von der Kirche herunterstieg, um von den schmalen Latten, welche unten aufgeschichtet waren, jede einzeln zu holen, statt viele auf einmal in seinem langen Kaftan mitzunehmen. Er mußte so beständig auf und niederklettern, und es war garnicht abzusehen, daß er auf diese Weise überhaupt jemals alle vielhundert Latten an ihren Ort bringen würde. Der Zar wurde deshalb ungeduldig-. ›Dummkopf,‹ schrie er (so nennt man in Russland meistens die Bauern), ›du solltest dich tüchtig beladen mit deinem Holz und dann auf die Kirche kriechen, das wäre bei weitem einfacher.‹ Der Bauer, der gerade unten - war, blieb stehen, hielt die Hand über die Augen

und antwortete: ›Das mußt du schon mir überlassen, Zar Iwan Wassiljewitsch, jeder versteht sein Handwerk am besten; indessen, weil du schon hier vorüber- reitest, will ich dir die Lösung der drei Rätsel sagen, welche du am weißen Stein im Orient, gar nicht weit von hier, wirst wissen müssen.‹ Und er schärfte ihm die drei Antworten der Reihe nach ein. Der Zar konnte vor Erstaunen kaum dazu kommen, zu danken. ›Was soll ich dir geben zum Lohne?‹ fragte er endlich. ›Nichts‹, machte der Bauer, holte eine Latte und wollte auf die Leiter steigen. ›Halt, ‹ befahl der Zar, ›das geht nicht an, du mußt dir etwas wünschen. ‹ ›Nun, Väterchen, wenn du befiehlst, gieb mir eine von den zwölf Tonnen Goldes, welche du von den Fürsten im Orient erhalten wirst.‹ ›Gut -, ‹nickte der Zar. ›Ich gebe dir eine Tonne Goldes.‹ Dann ritt er eilends davon, um die Lösungen nicht wieder zu vergessen.

Später, als der Zar mit den zwölf Tonnen zurückgekommen war aus dem Orient, schloß er sich in Moskau in seinen Palast, mitten im fünftorigen Kreml ein und schüttete eine Tonne nach der anderen auf die glänzenden Dielen des Saales aus, so daß ein wahrer Berg aus Gold entstand, der einen großen schwarzen Schatten über den Boden warf. In Vergeßlichkeit hatte der Zar auch die zwölfte Tonne ausgeleert. Er wollte sie wieder füllen, aber es tat ihm leid, soviel Gold von dem herrlichen Haufen wieder fortnehmen zu müssen. In der Nacht ging er in den Hof hinunter, schöpfte feinen Sand in die Tonne, bis sie zu drei Vierteilen voll war, kehrte leise in seinen Palast zurück, legte Gold über den Sand und schickte die Tonne mit dem nächsten Morgen durch einen Boten in die Gegend des weiten Rußland, wo der alte Bauer seine Kirche baute. Als dieser den Boten kommen sah, stieg er von dem Dach, welches noch lange nicht fertig war, und rief: ›Du mußt nicht näher kommen, mein Freund, reise zurück samt deiner Tonne, welche drei Vierteile Sand und ein knappes Viertel Gold enthält; ich brauche sie nicht. Sage deinem Herrn, bisher hat es keinen Verrat in Rußland gegeben. Er aber ist selbst daran schuld, wenn er bemerken sollte, daß er sich auf keinen Menschen verlassen kann; denn er hat nunmehr gezeigt, wie man verrät, und von Jahrhundert zu Jahrhundert wird sein Beispiel in ganz Rußland viele Nachahmer finden. Ich brauche nicht das Gold, ich kann ohne Gold leben. Ich erwartete nicht Gold von ihm, sondern Wahrheit und Rechtlichkeit. Er aber hat mich getäuscht. Sage das deinem Herrn, dem schrecklichen Zaren Iwan Wassiljewitsch, der in seiner weißen Stadt Moskau sitzt mit seinem bösen Gewissen und in einem goldenen Kleid.‹

Nach einer Weile Reitens wandte sich der Bote nochmals um: der Bauer und seine Kirche waren verschwunden. Und auch die aufgeschichteten Latten lagen nicht mehr da, es war alles leeres, flaches Land. Da jagte der Mann entsetzt zurück nach Moskau, stand atemlos vor dem Zaren und erzählte ihm ziemlich unverständlich, was sich begeben hatte, und daß der vermeintliche Bauer niemand anderes gewesen sei, als Gott selbst.«

»Ob er wohl recht gehabt hat damit?« meinte mein Freund leise, nachdem meine Geschichte verklungen war.

»Vielleicht -,« entgegnete ich, »aber, wissen Sie, das Volk ist abergläubisch - indessen, ich muß jetzt gehen, Ewald.« »Schade,« sagte der Lahme aufrichtig. »Wollen Sie mir nicht bald wieder eine Geschichte erzählen?« »Gerne -, aber unter einer Bedingung.« Ich trat noch einmal ans Fenster heran. »Nämlich?« staunte Ewald. »Sie müssen alles gelegentlich den Kindern in der Nachbarschaft weitererzählen«, bat ich. »Oh, die Kinder kommen jetzt so selten zu mir. « Ich vertröstete ihn - »Sie werden schon kommen. Offenbar haben Sie in der letzten Zeit nicht Lust gehabt, ihnen etwas zu erzählen, und vielleicht auch keinen Stoff, oder zu viel Stoffe. Aber wenn einer eine wirkliche Geschichte weiß, glauben Sie, das kann verborgen bleiben? Bewahre, das spricht sich herum, besonders unter den Kindern!« »Auf Wiedersehen.« Damit ging ich.

Und die Kinder haben die Geschichte noch an demselben Tage gehört. Eine Geschichte, dem Dunkel erzählt

Ich wollte den Mantel umnehmen und zu meinem Freunde Ewald gehen. Aber ich hatte mich über einem Buche versäumt, einem alten Buche übrigens, und es war Abend geworden, wie es in Rußland Frühling wird. Noch vor einem Augenblick war die Stube bis in die fernsten Ecken klar, und nun taten alle Dinge, als ob sie nie etwas anderes gekannt hätten als Dämmerung; überall gingen große dunkle Blumen auf, und wie auf Libellenflügeln glitt Glanz um ihre samtenen Kelche.

Der Lahme war gewiß nicht mehr am Fenster. Ich blieb also zu Haus. Was hatte ich ihm doch erzählen wollen? Ich wußte es nicht mehr. Aber eine Weile später fühlte ich, daß jemand diese verlorene Geschichte von mir verlangte, irgend ein einsamer Mensch vielleicht, der fern am Fenster seiner finstern Stube stand, oder vielleicht dieses Dunkel selbst, das mich und ihn und die Dinge umgab. So geschah es, daß ich dem Dunkel erzählte. Und es neigte sich immer näher zu mir, so daß ich immer leiser sprechen konnte, ganz, wie es zu meiner Geschichte paßt. Sie handelt übrigens in der Gegenwart und beginnt:

»Nach langer Abwesenheit kehrte Doktor Georg Laßmann in seine enge Heimat zurück. Er hatte nie viel dort besessen, und jetzt lebten ihm nurmehr zwei Schwestern in der Vaterstadt, beide verheiratet, wie es schien, gut verheiratet; diese nach zwölf Jahren wiederzusehen, war der Grund seines Besuchs. So glaubte er selbst. Aber nachts, während er im überfüllten Zuge nicht schlafen konnte, wurde ihm klar, daß er eigentlich um seiner Kindheit willen kam und hoffte, in den alten Gassen irgend etwas wieder zu finden: ein Tor, einen Turm, einen Brunnen, irgend einen Anlaß zu einer Freude oder zu einer Traurigkeit, an welcher er sich wieder erkennen konnte. Man verliert sich ja so im Leben. Und da fiel ihm verschiedenes ein: Die kleine Wohnung in der Heinrichsgasse mit den glänzenden Türklinken und den dunkelgestrichenen Dielen, die geschonten Möbel und seine Eltern, diese beiden abgenützten Menschen, fast ehrfürchtig neben ihnen; die schnellen gehetzten Wochentage und die Sonntage, die wie ausgeräumte Säle waren, die seltenen Besuche, die man lachend und in Verlegenheit empfing, das verstimmte Klavier, der alte Kanarienvogel, der ererbte Lehnstuhl, auf dem man nicht sitzen durfte, ein Namenstag, ein Onkel, der aus Hamburg kommt, ein Puppentheater, ein Leierkasten, eine Kindergesellschaft und jemand ruft. ›Klara‹. Der Doktor wäre fast eingeschlafen. Man steht in einer Station, Lichter laufen vorüber, und der Hammer geht horchend durch die klingenden Räder. Und das ist wie: Klara, Klara. Klara, überlegt der Doktor, jetzt ganz wach, wer war das doch? Und gleich darauf fühlt er ein Gesicht, ein Kindergesicht mit blondem, glattem Haar. Nicht daß er es schildern könnte, aber er hat die Empfindung von etwas Stillem, Hilflosem, Ergebenem, von ein paar schmalen Kinderschultern, durch ein verwaschenes Kleidchen noch mehr zusammengepreßt, und er dichtet dazu ein Gesicht - aber da weiß er auch schon, er muß es nicht dichten. Es ist da - oder vielmehr es war da - damals. So erinnert sich Doktor Laßmann an seine einzige Gespielin Klara, nicht ohne Mühe. Bis zur Zeit, da er in eine Erziehungsanstalt kam, etwa zehn Jahre alt, hat er alles mit ihr geteilt, was ihm begegnete, das Wenige (oder das Viele?). Klara hatte keine Geschwister, und er hatte so gut wie keine; denn seine älteren Schwestern kümmerten sich nicht um ihn. Aber seither hat er niemanden je nach ihr gefragt. Wie war das doch möglich? Er lehnte sich zurück. Sie war ein frommes Kind, erinnerte er sich noch, und dann fragte er sich: Was mag aus ihr geworden sein? Eine Zeitlang ängstigte ihn der Gedanke, sie könnte gestorben sein. Eine unermeßliche Bangigkeit überfiel ihn in dem engen gedrängten Coupé; alles schien diese Annahme zu bestätigen: sie war ein kränkliches Kind, sie hatte es zu Hause nicht besonders gut, sie weinte oft, unzweifelhaft: sie ist tot. Der Doktor ertrug es nicht länger; er störte einzelne Schlafende und schob sich zwischen ihnen durch in den Gang des Waggons. Dort öffnete er ein Fenster und schaute hinaus in das Schwarz mit den tanzenden Funken. Das beruhigte ihn. Und als er später in das Coupé zurückkehrte, schlief er trotz der unbequemen Lage bald ein.

Das Wiedersehen mit den beiden verheirateten Schwestern verlief nicht ohne Verlegenheiten. Die drei Menschen hatten vergessen, wie weit sie einander, trotz ihrer engen Verwandtschaft, doch immer geblieben waren, und versuchten eine Weile, sich wie Geschwister zu benehmen. Indessen kamen sie bald stillschweigend überein, zu dem höflichen Mittelton ihre Zuflucht zu nehmen, den der gesellschaftliche Verkehr für alle Fälle geschaffen hat.

Es war bei der jüngeren Schwester, deren Mann in besonders günstigen Verhältnissen war, Fabrikant mit dem Titel Kaiserlicher Rat, und es war nach dem vierten Gange des Diners, als der Doktor fragte: ›Sag mal, Sophie, was ist denn aus Klara geworden?‹ ›Welcher Klara?‹ ›Ich kann mich ihres Familiennamens nicht erinnern. Der Kleinen, weißt du, der Nachbarstochter, mit der ich als Kind gespielt habe?‹ ›Ach, Klara Söllner meinst du? ‹ ›Söllner, richtig, Söllner. Jetzt fällt mir erst ein: Der alte Söllner, das war ja dieser gräßliche Alte - aber was ist mit Klara?‹ Die Schwester zögerte: ›Sie hat geheiratet – Übrigens lebt sie jetzt ganz zurückgezogen.‹ ›Ja‹, machte der Herr

Rat, und sein Messer glitt kreischend über den Teller, ›ganz zurückgezogen.‹ ›Du kennst sie auch?‹ wandte sich der Doktor an seinen Schwager. ›Ja-a-a – so flüchtig; sie ist ja hier ziemlich bekannt.‹ Die beiden Gatten wechselten einen Blick des Einverständnisses. Der Doktor merkte, daß es ihnen aus irgend einem Grunde unangenehm war, über diese Angelegenheit zu reden, und fragte nicht weiter.

Umsomehr Lust zu diesem Thema bewies der Herr Rat, als die Hausfrau die Herren beim schwarzen Kaffee zurückgelassen hatte. ›Diese Klara‹, fragte er mit listigem Lächeln und betrachtete die Asche, die von seiner Zigarre in den silbernen Becher fiel. ›Sie soll doch ein stilles und überdies häßliches Kind gewesen sein?‹ Der Doktor schwieg. Der Herr Rat rückte vertraulich näher: ›Das war eine Geschichte! - Hast du nie davon gehört?‹ ›Aber ich habe ja mit niemandem gesprochen.‹ ›Was, gesprochen,‹ lächelte der Rat fein, ›man hat es ja in den Zeitungen lesen können.‹ ›Was?‹ fragte der Doktor nervös.

›Also, sie ist ihm durchgegangen‹ - hinter einer Wolke Rauches her schickte der Fabrikant diesen überraschenden Satz und wartete in unendlichem Behagen die Wirkung desselben ab. Aber diese schien ihm nicht zu gefallen. Er nahm eine geschäftliche Miene an, setzte sich gerade und begann in anderem berichtenden Ton, gleichsam gekränkt. ›Hm. Man hatte sie verheiratet an den Baurat Lehr. Du wirst ihn nicht mehr gekannt haben. Kein alter Mann, in meinem Alter. Reich, durchaus anständig, weißt du, durchaus anständig. Sie hatte keinen Groschen und war obendrein nicht schön, ohne Erziehung usw. Aber der Baurat wünschte ja auch keine große Dame, eine bescheidene Hausfrau. Aber die Klara - sie wurde überall in der Gesellschaft aufgenommen, man brachte ihr allgemein Wohlwollen entgegen, - wirklich - man benahm sich - also sie hätte sich eine Position schaffen können mit Leichtigkeit, weißt du - aber die Klara, eines Tages - kaum zwei Jahre nach der Hochzeit: fort ist sie. Kannst du dir denken: fort. Wohin? Nach Italien. Eine kleine Vergnügungsreise, natürlich nicht allein. Wir haben sie schon im ganzen letzten Jahr nicht eingeladen gehabt, als ob wir geahnt hätten! Der Baurat, mein guter Freund, ein Ehrenmann, ein Mann -‹

›Und Klara?‹ unterbrach ihn der Doktor und erhob sich. ›Ach so - ja, na die Strafe des Himmels hat sie erreicht. Also der Betreffende - man sagt ein Künstler, weißt du - ein leichter Vogel, natürlich nur so. - Also wie sie aus Italien zurück waren, in München: adieu und ward nicht mehr gesehen. Jetzt sitzt sie mit ihrem Kind!‹

Doktor Laßmann ging erregt auf und nieder: ›In München?‹ ›Ja, in München‹, antwortete der Rat und erhob sich gleichfalls. ›Es soll ihr übrigens recht elend gehen-‹ ›Was heißt elend?-‹ ›Nun,‹ der Rat betrachtete seine Zigarre, ›pekuniär und dann überhaupt Gott - so eine Existenz - - - ‹ Plötzlich legte er seine gepflegte Hand dem Schwager auf die Schulter, seine Stimme gluckste vor Vergnügen. ›weißt du, übrigens erzählte man sich, sie lebe von -‹ Der Doktor drehte sich kurz um und ging aus der Tür. Der Herr Rat, dem die Hand von der Schulter des Schwagers gefallen war, brauchte zehn Minuten, um sich von seinem Staunen zu erholen. Dann ging er zu seiner Frau hinein und sagte ärgerlich: ›Ich hab es immer gesagt, dein Bruder ist ein Sonderling. ‹ Und diese, die eben eingenickt war, gähnte träge: ›Ach Gott ja.‹

Vierzehn Tage später reiste der Doktor ab. Er wußte mit einemmal, daß er seine Kindheit anderswo suchen müsse. In

München fand er im Adreßbuch: Klara Söllner, Schwabing, Straße und Nummer. Er meldete sich an und fuhr hinaus. Eine schlanke Frau begrüßte ihn in einer Stube voll Licht und Güte.

›Georg, und Sie erinnern sich meiner?‹

Der Doktor staunte. Endlich sagte er: ›Also das sind Sie, Klara.‹ Sie hielt ihr stilles Gesicht mit der reinen Stirn ganz ruhig, als wollte sie ihm Zeit geben, sie zu erkennen. Das dauerte lange. Schließlich schien der Doktor etwas gefunden zu haben, was ihm bewies, daß seine alte Spielgefährtin wirklich vor ihm stünde. Er suchte noch einmal ihre Hand und drückte sie; dann ließ er sie langsam los und schaute in der Stube umher. Diese schien nichts Überflüssiges zu enthalten. Am Fenster ein Schreibtisch mit Schriften und Büchern, an welchem Klara eben mußte gesessen haben. Der Stuhl war noch zurückgeschoben. ›Sie haben geschrieben? ‹... und der Doktor fühlte, wie dumm diese Frage war. Aber Klara antwortete unbefangen - ›Ja, ich übersetze.‹ ›Für den Druck?‹ ›Ja‹, sagte Klara einfach, ›für einen Verlag. Georg bemerkte an den Wänden einige italienische Photographien. Darunter das ›Konzert‹ des Giorgione. ›Sie lieben das?‹ Er trat nahe an das Bild heran. ›Und Sie?‹ ›Ich habe das Original nie gesehen; es ist in Florenz, nicht wahr?‹ ›Im Pitti. Sie müssen hinreisen.‹ ›Zu diesem Zweck?‹ ›Zu diesem Zweck.‹ Eine freie und einfache Heiterkeit war über ihr. Der Doktor sah nachdenklich aus.

›Was haben Sie, Georg. Wollen Sie sich nicht setzen?‹ ›Ich bin traurig‹, zögerte er. ›Ich habe gedacht - aber Sie sind ja gar nicht elend -‹ fuhr es plötzlich heraus. Klara lächelte: ›Sie haben meine Geschichte gehört?‹ ›Ja, das heißt - ‹ ›Oh,‹ unterbrach ihn Klara schnell, als sie merkte, daß seine Stirn sich verdunkelte, ›es ist nicht die Schuld der Menschen, daß sie anders davon reden. Die Dinge, die wir erleben, lassen sich oft nicht ausdrücken, und wer sie dennoch erzählt, muß notwendig Fehler begehen -‹ Pause. Und der Doktor ›Was hat Sie so gütig gemacht?‹ ›Alles‹, sagte sie leise und warm. ›Aber warum sagen Sie: gütig?‹ ›Weil - weil Sie eigentlich hätten hart werden müssen. Sie waren ein so schwaches, hilfloses Kind; solche Kinder werden später entweder hart oder -‹ ›Oder sie sterben - wollen Sie sagen. Nun, ich bin auch gestorben. Oh, ich bin viele Jahre gestorben. Seit ich Sie zum letztenmal gesehen habe, zu Haus, bis -‹ Sie langte etwas vom Tische her. ›Sehen Sie, das ist sein Bild. Es ist etwas geschmeichelt. Sein Gesicht ist nicht so klar, aber - lieber, einfacher. Ich werde Ihnen dann gleich unser Kind zeigen, es schläft jetzt nebenan. Es ist ein Bub. Heißt Angelo, wie er. Er ist jetzt fort, auf Reisen, weit.‹

›Und Sie sind ganz allein?‹ fragte der Doktor zerstreut, immer noch über dem Bilde.

›Ja, ich und das Kind. Ist das nicht genug? Ich will Ihnen erzählen, wie das kommt. Angelo ist Maler. Sein Name ist wenig bekannt, Sie werden ihn nie gehört haben. Bis in die letzte Zeit hat er gerungen mit der Welt, mit seinen Plänen, mit sich und mit mir. Ja, auch mit mir; denn ich bat ihn seit einem Jahr: du mußt reisen. Ich fühlte, wie sehr ihm das not tat. Einmal sagte er scherzend- Mich oder ein Kind? Ein Kind, sagte ich, und dann reiste er.‹

›Und wann wird er zurückkehren?‹

›Bis das Kind seinen Namen sagen kann, so ist es abgemacht.‹

Der Doktor wollte etwas bemerken. Aber Klara lachte: ›Und da es ein schwerer Name ist, wird es noch eine Weile dauern. Angelino wird im Sommer erst zwei Jahre.‹

›Seltsam‹, sagte der Doktor. ›Was, Georg?‹ ›Wie gut Sie das Leben verstehen. Wie groß Sie geworden sind, wie jung. Wo haben Sie Ihre Kindheit hingetan? - wir waren doch beide so - so hilflose Kinder. Das läßt sich doch nicht ändern oder ungeschehen machen.‹ ›Sie meinen also, wir hätten an unserer Kindheit leiden müssen, von rechtswegen?‹ ›Ja, gerade das meine ich. An diesem schweren Dunkel hinter uns, zu dem wir so schwache, so ungewisse Beziehungen behalten. Da ist eine Zeit: wir haben unsere Erstlinge hineingelegt allen Anfang, alles Vertrauen, die Keime zu alledem, was vielleicht einmal werden sollte. Und plötzlich wissen wir: Alles das ist versunken in einem Meer, und wir wissen nicht einmal genau wann. Wir haben es gar nicht bemerkt. Als ob jemand sein ganzes Geld zusammensuchte, sich dafür eine Feder kaufte und sie auf den Hut steckte, hui: der nächste Wind wird sie mitnehmen. Natürlich kommt er zu Hause ohne Feder an, und ihm bleibt nichts übrig, als nachzudenken, wann sie wohl könnte davongeflogen sein.‹

›Sie denken daran, Georg?‹

›Schon nicht mehr. Ich habe es aufgegeben. Ich beginne irgendwo hinter meinem zehnten Jahr, dort, wo ich aufgehört habe zu beten. Das andere gehört nicht mir. ‹

›Und wie kommt es dann, daß Sie sich an mich erinnert haben? ‹

›Darum komme ich ja zu Ihnen. Sie sind der einzige Zeuge jener

Zeit. Ich glaubte, ich könnte in Ihnen wiederfinden, - was ich in mir nicht finden kann. Irgend eine Bewegung, ein Wort, einen Namen, an dem etwas hängt - eine Aufklärung -‹ Der Doktor senkte den Kopf in seine kalten, unruhigen Hände.

Frau Klara dachte nach: ›Ich erinnere mich an so weniges aus meiner Kindheit, als wären tausend Leben dazwischen. Aber jetzt, wie Sie mich so daran mahnen, fällt mir etwas ein. Ein Abend. Sie kamen zu uns, unerwartet; Ihre Eltern waren ausgegangen, ins Theater oder so. Bei uns war alles hell. Mein Vater erwartete einen Gast, einen Verwandten, einen entfernten reichen Verwandten, wenn ich mich recht entsinne. Er sollte kommen aus, aus - ich weiß nicht woher, jedenfalls von weit. Bei uns wartete man schon seit zwei Stunden auf ihn. Die Türen waren offen, die Lampen brannten, die Mutter ging von Zeit zu Zeit und glättete eine Schutzdecke auf dem Sofa, der Vater stand am Fenster. Niemand wagte sich zu setzen, um keinen Stuhl zu verrücken. Da Sie gerade kamen, warteten Sie mit uns. Wir Kinder horchten an der Tür. Und je später es wurde, einen desto wunderbarern Gast erwarteten wir. Ja wir zitterten sogar, er könnte kommen, ehe er jenen letzten Grad von Herrlichkeit erreicht haben würde, dem er mit jeder Minute seines Ausbleibens näher kam. Wir fürchteten nicht, er könnte überhaupt nicht erscheinen; wir wußten bestimmt: er kommt, aber wir wollten ihm Zeit lassen, groß und mächtig zu werden.‹

Plötzlich hob der Doktor den Kopf und sagte traurig: ›Das also wissen wir beide, daß er nicht kam - Ich habe es auch nicht vergessen gehabt.‹ ›Nein,‹ - bestätigte Klara, ›er kam nicht -‹ Und nach einer Pause: ›Aber es war doch schön!‹ ›Was?‹ ›Nun so - das Warten, die vielen Lampen, - die Stille - das Feiertägliche. ‹

Etwas rührte sich im Nebenzimmer. Frau Klara entschuldigte sich für einen Augenblick; und als sie hell und heiter zurückkam, sagte sie: ›Wir können dann hineingehen. Er ist jetzt wach und lächelt. - Aber was wollten Sie eben sagen?‹

›Ich habe mir eben überlegt, was Ihnen könnte geholfen haben zu - zu sich selbst, zu diesem ruhigen Sichbesitzen. Das Leben hat es Ihnen doch nicht leicht gemacht. Offenbar half Ihnen etwas, was mir fehlt?‹ ›Was sollte das sein, Georg?‹ Klara setzte sich neben ihn.

›Es ist seltsam; als ich mich zum erstenmal wieder Ihrer erinnerte, vor drei Wochen nachts, auf der Reise, da fiel mir ein: sie war ein frommes Kind. Und jetzt, seit ich Sie gesehen habe, trotzdem Sie so ganz anders sind, als ich erwartete - trotzdem, ich möchte fast sagen, nur noch desto sicherer, empfinde ich was Sie geführt hat, mitten durch alle Gefahren, war Ihre - Ihre Frömmig-keit. ‹

›Was nennen Sie Frömmigkeit?‹

›Nun, Ihr Verhältnis zu Gott, Ihre Liebe zu ihm, Ihr Glauben. ‹ -

Frau Klara schloß die Augen: ›Liebe zu Gott? Lassen Sie mich nachdenken.‹ Der Doktor betrachtete sie gespannt. Sie schien ihre Gedanken langsam auszusprechen, so wie sie ihr kamen: ›Als Kind - Hab ich da Gott geliebt? Ich glaube nicht. Ja ich habe nicht einmal - es hätte mir wie eine wahnsinnige Überhebung - das ist nicht das richtige Wort - wie die größte Sünde geschienen, zu denken, Er ist. Als ob ich ihn damit gezwungen hätte in mir, in diesem schwachen Kind mit den lächerlich langen Armen, zu sein, in unserer armen Wohnung, in der alles unecht und lügnerisch war, von den Bronzewandtellern aus Papiermaché bis zum Wein in den Flaschen, die so teure Etiketten trugen. Und später-‹ Frau Klara machte eine abwehrende Bewegung mit den

Händen, und ihre Augen schlossen sich fester, als fürchteten sie, durch die Lider etwas Furchtbares zu sehen - ›ich hätte ihn ja hinausdrängen müssen aus mir, wenn er in mir gewohnt hätte damals. Aber ich wußte nichts von ihm. Ich hatte ihn ganz vergessen. Ich hatte alles vergessen. - Erst in Florenz: Als ich zum erstenmal in meinem Leben sah, hörte, fühlte, erkannte und zugleich danken lernte für alles das, da dachte ich wieder an ihn. Überall waren Spuren von ihm. In allen Bildern fand ich Reste von seinem Lächeln, die Glocken lebten noch von seiner Stimme, und an den Statuen erkannte ich Abdrücke seiner Hände. ‹

›Und da fanden Sie ihn?‹

Klara schaute den Doktor mit großen, glücklichen Augen an: ›Ich fühlte, daß er war, irgendwann einmal war... warum hätte ich mehr empfinden sollen? Das war ja schon Überfluß.‹

Der Doktor stand auf und ging ans Fenster. Man sah ein Stück Feld und die kleine, alte Schwabinger Kirche, darüber Himmel, nicht mehr ganz ohne Abend. Plötzlich fragte Doktor Laßmann, ohne sich umzuwenden: ›Und jetzt?‹ Als keine Antwort kam, kehrte er leise zurück.

›Jetzt -,‹ zögerte Klara, als er gerade vor ihr stand, und hob die Augen voll zu ihm auf: ›jetzt denke ich manchmal: Er wird sein.‹

Der Doktor nahm ihre Hand und behielt sie einen Augenblick. Er schaute so ins Unbestimmte.

›Woran denken Sie, Georg?‹

›Ich denke, dass das wieder wie an jenem Abend ist: Sie warten wieder auf den Wunderbaren, auf Gott, und wissen, daß er kommen wird - Und ich komme zufällig dazu -.‹

Frau Klara erhob sich leicht und heiter. Sie sah sehr jung aus. ›Nun, diesmal wollen wirs aber auch abwarten. ‹ Sie sagte das so froh und einfach, daß der Doktor lächeln mußte. So führte sie ihn in das andere Zimmer, zu ihrem Kind. -«

In dieser Geschichte ist nichts, was Kinder nicht wissen dürfen. Indessen, die Kinder haben sie nicht erfahren. Ich habe sie nur dem Dunkel erzählt, sonst niemandem. Und die Kinder haben Angst vor dem Dunkel, laufen ihm davon, und müssen sie einmal drinnen bleiben, so pressen sie die Augen zusammen und halten sich die Ohren zu. Aber auch für sie wird einmal die Zeit kommen, da sie das Dunkel lieb haben. Sie werden von ihm meine Geschichte empfangen und dann werden sie sie auch besser verstehen.

Kunstwerke

Vielleicht war es immer so. Vielleicht war immer eine weite Fremde zwischen einer Zeit und der großen Kunst, welche in ihr entstand. Vielleicht waren die Kunstwerke immer so einsam, wie sie es heute sind, und vielleicht war der Ruhm niemals etwas anderes als der Inbegriff aller Mißverständnisse, die sich um einen neuen Namen versammeln. Es liegt kein Grund vor zu glauben, daß es jemals anders war. Denn das, was die Kunstwerke unterscheidet von allen anderen Dingen, ist der Umstand, daß sie gleichsam zukünftige Dinge sind, Dinge, deren Zeit noch nicht gekommen ist. Die Zukunft, aus der sie stammen, ist fern; sie sind die Dinge jenes letzten Jahrhunderts, mit welchem einmal der große Kreis der Wege und Entwicklungen sich schließt, sie sind die vollkommenen Dinge und Zeitgenossen des Gottes, an dem die Menschen seit Anbeginn bauen und den sie noch lange nicht vollenden werden. Wenn es trotzdem scheint, als ob die großen Kunstdinge vergangener Epochen mitten im Rauschen ihrer Zeiten gestanden hätten, so mag man dies damit erklären, daß den entfernten Tagen (von denen wir so wenig wissen) jene letzte und wunderbare Zukunft, welche die Heimat der Kunstwerke ist, näher war als uns. Das Morgen schon war ein Teil des Weiten und Unbekannten, es lag hinter jedem Grab, und die Götterbildet waren die Grenzsteine eines Reichs tiefer Erfüllungen. Langsam entfernte sich diese Zukunft von den Menschen. Glaube und Aberglaube drängte sie hinaus in immer größere Fernen, Liebe und Zweifel warf sie über die Sterne hinaus und in die Himmel hinein. Unsere Lampen endlich sind weitsichtig geworden, unsere Instrumente reichen über Morgen und Übermorgen, wir entziehen mit den Mitteln der Forschung kommende Jahrhunderte der Zukunft und machen sie zu einer Art noch nicht begonnener Gegenwart. Die Wissenschaft hat sich aufgerollt wie ein weiter, unabsehbarer Weg, die schweren und schmerzhaften Entwicklungen der Menschen, der einzelnen und der Massen, füllen die nächsten Jahrtausende als eine unendliche Aufgabe und Arbeit aus.

Und weit, weit hinter alledem, liegt die Heimat der Kunstwerke, jener seltsam verschwiegenen und geduldigen Dinge, die fremd umherstehen unter den Dingen täglichen Gebrauches, unter den beschäftigten Menschen, den dienenden Tieren und den spielenden Kindern.